한국 희곡 명작선 63

봄, 여름, 가을 그리고 겨울

한국 희곡 명작선 63

봄, 여름, 가을 그리고 겨울

도완석

평민사

도완석

봄, 여름, 가을 그리고 겨울

제1부 / 봄

〈봄〉에 등장하는 인물들

어린정연 - 13세-14세 시골소녀
어린정남 - 10세 정도 시골 남자아이
어린정님 - 5세 정도 시골 여자아이
덕구총각 - 18세-19세 노래하는 시골총각
동네아낙1 - 50세쯤 되는 시골아낙
동네아낙2 - 40세쯤 되는 시골아낙
동네남정1 - 50대중반의 시골남자
동네남정2 - 40대중반의 시골남자

무대

(1950년대 초) 낡은 시골 오두막. 방안과 밖의 풍경

음향

전투기 소리, 멀리서 포탄 터지는 소리, 세찬 바람소리

배경영상

눈 내리는 늦겨울 장면

1

잔잔한 음악 속에 정연이가 어린 여동생을 포대기에 싸서 업고 문 밖에 떨며 서 있고 방안에 정남이가 어설프게 이불을 뒤집어쓰고 방안에 앉아있다

바람소리/간간히 동네 개 짖는 소리가 먼 데서 들려오고…….
잠시 정남이 살며시 문을 연다.

정남   누부야! 춥다. 되게 추버서 얼어 죽겠다. 방에 불 좀 때도.

정연   (냉냉하게) 추분데 와 자꾸 문을 열어쌌노! 후딱 문 닫아라! 그카다가 고뿔손님 니 좋다고 찾아들면 우얄라꼬. 좀 이따가 엄마 오면 그때 불 때줄끼고마…….

정남   (문을 닫는다)

정연   (잠시 침묵. 안쓰러운 듯 방문을 바라보며) 정냄아! 쪼매만 참거래이! 내 엄마 오면 바로 군불 지펴줄께 알았나?

정남   …….

정연   (다시 크게) 알았나?

정남   (안에서 볼멘소리로) 알았다.

정연   (잠시 침묵)

다시 바람소리.

정남이 정연이 눈치를 보며 살며시 방문을 연다.

정남   누부야!

정연   와?

정남   바까테 억수로 춥제?

정연   내는 개안타!

정남   정님이 잠들었으면 내도고. 내가 끌어안고 있으면 더 따
뜻할 끼다.

정연   그래라 그카는 게 좋겠다. (포대기를 끌어내리며) 이 가시나
는 와 이리 울음이 많노! 왠종일 울어싸는 게 지겹지도
않는갑다! (정님이를 방안으로 건네준다)

정남   배고픈께 그라제! 누부얀 배 안 고프나?

정연   난 아까 전에 우재네 아지매가 고구마 한 개 주어서 내
혼자 다 묵었다!

정남   뭐가 아까 전이고! 그건 엊저녁 얘긴데…… (잠시 울먹) 엄
만 언제 오노?

정연   이제 쪼매만 기다리면 올 끼다.

정남   그라면 누부야도 쬐매만 방에 들어와 있거라.

정연   안 된다.

정남   와 안 되는데?

정연   엊그저께 마냥 엄마가 오다가 또 쓰러지면 큰일이데이.
엄만 지금 홀몸이 아이라서 내캉 이레 지켜 섰다가 엄마
야 오면 달려가 짐도 들어줘야 하고 팔도 붙잡아줘야 안

하나.

정남   카믄 내도 나갈까?

정연   아이다 니는 정님이캉 그냥 누버있거라!

다시 세찬 바람소리와 개 짖는 소리.

정남   누부야!

정연   와 자꾸 불러쌌노?

정남   (울먹이며) 추버서 얼어 죽겄다. 방에 불좀 때도오…….

정연   (울먹이며) 쪼매만 기다리라 안 카나! 엄마가 장작하고 먹을 꺼 구해 올 끼란 말이다. 알았나?

정남   (힘없이 울먹이며) 알았다.

바람소리 더욱 세차게 들려올 때에 조명 F.O.

2

멀리서 포탄 터지는 소리와 함께 산모의 비명소리, 그리고 갓난아기 울음소리/ 잠시 침묵.
이어 정연이, 정남이 울음소리가 들리면서 조명 F.I.

정남이가 문밖 아궁이에다 불을 때며 소리 죽여 가며 울고 있다.
방안에서는 정연이가 갓난아기를 이불에 싸안고 엄마 시신 옆에서 소리 내어 울고 있다. 어린 정남이도 훌쩍거린다.

정연   엄마야! 일나거라 어서 일나라카이. 엄마야 엄마야!

이때 동네아낙1,2 물동이를 들고 등장.

아낙1   (물동이를 아궁이 옆에 놓으며) 정냄아! 니 추븐데 이리 나와 울고 있음 우짜노! 어여 퍼뜩 들어가라 이자 곧 동네사람들이 온다카이 아무 걱정말고…… 어서!

아낙2   그래, 니는 상준께 어여 니 엄니 시신 옆에 붙어 있거라. 이리 나와 있음 안 되는기라! (아궁이와 주변을 살피며) 불은 좀 지폈노? (솥뚜껑을 열며) 물은 팔팔 잘 끓고 있네. (정남에게) 아니 퍼뜩 안 들어가고 와 그리 서 있노 들어가자카이!

정남이 마지못해 소매로 눈물을 훔치면서 방안으로 들어간다.

아낙2 (방안에 들어서며) 아이고 우짜 이리 됐노! 응 이 박복한 문디이 여편네야— 참말로 못 됐데이 참말로 못 됐꼬마! 아 이래 엄동설 아래 이 어린 것들만 남겨두고 지 혼자 세상 떠나 가뿔면 우짜겠다고!. 참말로 얄굽데이. 얄구버…….

정연 엄마야! 엄마야! 내 말 안 들리노? 응 엄마야! 제발 눈 좀 떠도고 응 엄마야!

정남 엄마! 엄마—아! (소리쳐 운다)

아낙2 (정님이를 끌어안으며) 이자 고만들 하거라. 그리 운다고 죽은 니 에미 일날 것 같진 않다! 그라고 깐난재이를 그리 꼭 끼고 있음 우짜노 퍼뜩 이리 도고! (갓난아기를 받아 자리에 눕히며 방바닥 여기저기에 손을 대본다) 이자 뜨셔오는갑다! 에라 이 문두이 자슥들아 이게 뭐꼬 이 추분 날에 이런 냉골에서 살았나? 아무리 난리통이라곤 하지만 이게 다 뭐꼬.

정연 아지매요! 이제 지들은 우에 살까라에? 어서 울 엄니를 깨도오! 어서! (다시) 엄마야! 엄마야! 퍼뜩 눈 안 뜨고 뭐 하노! 정냄이가 운다! 정냄이가. 얼라도 젖을 맥이야 안 카나 응? 엄-마야.

어린 정님이도 다시 눈물을 훔치며 운다.

아낙1   아이고 삼신할미요! 저 어린것들 딱해서 우얍니꺼! (사이)
아! 이 영감탱이는 사람들 부르러간다 카드만 와 이리
안 오노?

이때 남정1,2 지게를 메고 등장.

아낙1   (방문을 열고) 우재 아범인교? 와 이리 늦었어예? 이 얼라
들 좀 보소 내 눈뜨고 볼라니 너무도 딱혀 몬 보겠는기
라예!

남정1   동네에 사람들 씨가 발라 아모도 없다. 할마시들만 남고
죄다 마 피난 가뿌린 모양이다.

아낙2   피난예?

남정2   그래. 아까 전만 해도 동넬 떠야마야 하드만서도 대포소
리에 놀라 죄다 주왕산 쪽으로 갑든가 보다 이자 동네엔
우덜뿐인기라!

아낙2   에고 지랄 염병할. 주왕산이나 예나 뭔 차이가 있다
고…… 뒈질 목숨이면 어디라 안 뒈진다꼬…….

아낙1   이 문디 여편네가 지금 뭐라카노? 우는 얘들 앞에서……
그 주둥이 좀 조심하거레이!

남정1   (방안으로 들어오며) 인명은 재천이라켔다. 니들도 그만 울
거라!

남정2   (밖에서) 성님요! 가마때기 두 장이면 될까예?

남정1   어디 더 있드노? 서너 장이면 더 좋제!

남정2   알았심—더!

남정1   정연아! 니 단디 들어라. 우덜 맴 같으면 니들 엄마를 관이라도 짜서 장사를 치러줬으면 했다만서도 빨갱이 넘들이 저리 대포를 쏘아대고 동네사람들마저 다들 피란을 가고 없다보이 가마때기라도 관 대신 써야 되질 않겠나? 니 아부질 생각하믄 우덜이 이러믄 못 쓴다는 거 알지만서도 우야겠노? 때가 때이니만치 니 아부지도 이해할 끼다

아낙   하모! 우선일랑은 가묘로 그리하고 난중에 난리가 끝나고 사람들 심 빌릴 수 있을 때 그때 다시 묘를 쓰면 되는 기라. 알겠제!

정연   (더욱 소리 높여 울며) 엄마야! 엄마야!

모두의 울음소리와 함께 포격소리 더욱 크게 들릴 때 무대 F.O.

3

다시 새소리와 함께 무대 밝아오면 정연이가 아기를 안고 정남이와 함께 벽에 등대고 앉아있다. 정님이는 칡뿌리를 빨고 있다. 긴 침묵과 한숨/ 이때 멀리서 뻐꾸기 소리가 들려온다.

정남   누야! 아부지는 우에 됐노. 참말로 아부지가 죽었다 카드노?

정연   몰라! 딸그마니 아부지가 엄마헌테 하는 소릴 내도 잠깐 들었는데. 서울로 장사 갔던 동리 사람들이 대전에서 죄다 폭격 맞아 죽었다카드라. 그 소릴 듣고부터 엄마가 그리 된 기라. 제발 그 아제 말이 거짓뿌렁이면 안 좋겠나!

정남   누야! 참말로 울아부지가 죽었담 우덜은 이제 우야노?

정연   몰라! 내도 우야면 좋을지 지금은 아-무 생각도 없다!

정남   누야! 카믄 내 하나님께 기도해볼까?

정연   뭐라 할 낀데?

정남   울 아부지가 살아있게 해달라카는 거랑 빨랑 빨갱이놈들이 모다 뒈지게 해달라고 말이다!

정연   그래 그리 기도해봐라!

정남   근데 누야! 아까 전에 본께 사람들이 억수로 읍내 쪽으로 몰려가드라. 서울로 간다 카든데.

정연	내도 봤다. 이쪽으로 피란 왔던 사람들인데 서울이 복구 됐다 카이 모다 자기 집으로 가는갑다.
정남	그라믄 빨갱이들은 우야고?
정연	내가 아나? 내가 니캉 같이 죽 예 있었는데 우에 알겠노!
정남	아. 맞다! 그러네…….

잠시 침묵

정남	누야!
정연	와 자꾸 불러쌌노?
정남	우덜도 저 사람들 따라 서울로 가믄 안 되겠나?
정연	뭐라꼬! 서울로?
정남	그래! 내 울아부지 찾아 볼끼다. 내는 딸그마니 아제 말 못 믿는다!
정연	니 그리 맴 먹음 내한테 죽을 줄 알그레이. 서울이 어디 이 동네매냥 좁은 댄 줄 아나! 그라고 아부지는 서울이 아이고 대전에서 폭격 당했다 안 카나!
정남	서울이 크면 을마나 큰데? 영덕 읍내보다 크나?
정연	니는 핵교서 뭘 배웠는데…… 읍내가 아니라 읍내보다 백배 천배로 크다카드라.
정남	억수로 큰가보네…… 그라몬 우덜 동네서 그까정 을마 나 가야하는데?
정연	백리 천리도 더 넘는다카드라! 근데 니 자꾸 와 서울 애

길해쌌노? 니 혼날래?

정남   아이다 내캉 그냥 물어봤다.

다시 긴 침묵. 이때 동네아낙1이 등장

아낙   (방문을 열고 들어오며) 정연아! 니 동상들하고 뭐 좀 묵었나?

정연   야! 막 밥 묵고 치웠서예.

아낙   그랬나! 얼라는?

정연   아까 전에 원찬네 아지매가 와서 젖 주셨서예. 밤새 울
다만 젖 먹고는 막 잠들었네예.

아낙   에고…… 지도 산 목숨이라꼬 배고팠는갑다. 하여간 울
정연이 고생이 많데이!

정연   어데에.

아낙   내 니헌테 뭔 헐 말이 있어 이래 안 왔나.

정연   뭔데에?

아낙   니는 우에 생각할라는동 모르겠다만서도 니들 형편에
얼라 하나 키운다는 게 그리 쉬운 게 아이다 남들도 죄
다 얼라 하나 키울라 카믄 장정 한사람 품삯이 든다카든
데 니들 형편도 형편이지만서도 니 밑으로 정냄이 정님
이가 있는데 얼라까지 우에 키우겠노. 그래서 말인데 정
연아! 내 동리 사람들하고 니들 야길 안 했드노! 암만해
도 니네 얼라는 애 없는 집에 양딸로 보내는 것이 좋겠
다 싶다.

정연　　뭐라꼬예? 우리 얼라를 양딸로 보낸다꼬예?

아낙1　하모! 안 그럼 우야겠노! 당장에는 니들 맴이 아프겠지 만서도 그리해야 니들도 살고 이 얼라도 살 수 있는기 라! 그라고 난리 끝이다 보이 모다 쉬운 형편들이 아이 라서 어디 선뜻 이 얼라를 받아 주겠다는 집도 딱히 없 다! 하지만서도 근동에 찾아보믄 안 되겠나? 정연이 니 는 우에 생각하노?

조명 F.O 되고 정남, 정연 소리만 들린다.

정남(소리)　누부야! 아까 전에 그 아지매가 머라 캐쌌노? 우리 정님 이를 남 집에 주라카는기가?

정연(소리)　안 그럼 우에 하겠노? 모다 우덜 생각해서 하는 말인 데…… (사이, 서럽게 운다) 엄마야 우에 하면 좋노? 용서해 도오! 엄마야!

정남　　(함께 울며) 안 된다 누부야! 안 된다카이 그라고 와 자꾸 우노! 와 우노 말이다!

세남매가 서럽게 울 때 음악 F.I - F.O.

4

다시 '앵두나무 우물가에……' 가요가 지직거리는 라디오 소리로 흘러나오면서 무대 F.I.

총각 덕구가 집 정지칸 옆에 나무 한 짐 가득 실은 지게를 내려놓고 지게 작대기를 붙잡고 몸을 흔들며 노래를 부르고 있다.

덕구 앵두나무 우물가에 동네처녀 바람났네 물동이 호미자루 나두 몰래 내 던지고 말만 들은 서울로 누굴 찾아서 이쁜이도 금순이도 단봇찜을 쌌다네…… 으짜 으짜 얼씨구 절씨구…… 서울이랑 요술쟁이 사람 살 것 못 되니. (이때 정남이가 등장. 덕구 노래를 멈추고 정남이를 반긴다) 정냄아! 이제 오는 기가?

정남 야! 형아는 우짠 일인교?

덕구 이 문두이 자슥. 느그 집에 불 때라고 내 낭구 한 짐 안 지고 왔드노?

정남 내 동무들하고 이자 곧 낭구하러 갈 낀데요! 그라고 아즉은 땔 나무도 있어예!

덕구 야가 지금 뭔 소릴 해쌌노! 니가 무슨 낭구를 할 줄 안다고. 니 열 살 묵었댔지? 치야뿌라! 이 문디야! 공부하는 넘이 공부나 할네기지 열 살 된 꼬맹이가 낭구는 무슨

18

낭구고?

정남 내도 이자 낭구할 줄 알아예. 그란데 형아는 카수할끼라예?

덕구 카수? 니 내 창가를 들었나? 야 문디이자슥 들었는갑네? 워떻트노? 들을 만했나?

정남 하모요! 직이주던데요!

덕구 이 문디자슥이 사람 볼 줄 아네! 촌구석에 사는 얼라라 생각했드만 카! 나의 창가꺼정 이해헐 줄 아는 거본께 개천에서 용날 놈 아이가? (사이) 참말로 직여줬나?

정남 하모예!

덕구 정냄아, 니만 알고 있거레이! 내는 이제 곧 카수가 될라꼬 서울로 토끼 부릴끼다.

정남 (화들짝) 서울로예?

덕구 하모! 내 서울로 가서 명동에 있다는 빅토리 레코드사를 찾아갈 끼다! 그래서 내 창가 한 곡조 뽑아주고 카수할 끼다.

정남 (눈이 밝아지며) 참말인교? 참말로 서울로 갈 끼라예?

덕구 그렇다카이. 니가 옳게 나의 창가를 들어보지 몬 했응께 그라제 나의 창가를 들은 사람들은 죄다 날 보고 현인이나 고복수보다 났다카더라! 니 다시 한번 들어볼끼가?

정남 아니라예. 그보담 형아! 서울은 읍내 장터보담 옥수로 커가 길 찾기가 쉽지 않타카데예! 그란데 길 안 이자뿔고 잘 찾아 댕길 수 있어예?

덕구 니 지금 뭐라켔노? 이 문디자슥아! 서울이 아무리 넓고 크다해도 사람들 사는 곳이다. 내캉 아무리 이런 촌구석에 살고 있다만서도 서울 재까지께 뭔데 내가 길을 이자 뿌리겠노! 재작년 난리통에 나가 피란 내려온 서울사람들헌테 죄다 듣고 숙지혀서 서울이 워떻다는 거 내 서울 사람들보다 더 훤허다 안 카나!

정남 무얼 숙지해 아는데예?

덕구 한번 들어볼끼가! 서울에 가믄 말이다. 전차라 카는 게 있는데 그 전차라 카는 게 욱수로 빨라가 걸어 반나절 길을 이래 눈 깜빡 깜빡 열 번만 해싸면 재까닥 옮겨다 준다 카드라! 그라꼬 전번에 느그 핵교 운동장에서 보여줬던 〈임자없는 나룻배〉캉 〈홍도야 우지마라〉 같은 활동사진 봤제? 그걸 신식말로 영화라카는데 그걸 매일 수시로 볼 수 있다 안 카드나. 말이 서울이지 서울은 니처럼 예배당에 다니는 예수쟁이들이 하는 말대로 천당인기라 천당! 어뜨노, 니는 안 가고 싶노?

정남 어데예! 하지만서도 내가 그 서울에 가뿌리믄 울 누부야가 내를 직여 뿌린다겠어예!

덕구 하하하! 직여? 니 누부야가! 서울 맛보면 그리 말 안 할 낀데…… 암튼 내는 서울로 가가 창가하는 카수가 될 끼다. 내 성공하믄 니를 불러 들일께. 그때 오라면 올 끼가?

정남 참말인교? 근데 우에 서울에 갈 수가 있는데예?

20

덕구   마, 어렵게 노자 들여가 갈 수도 있고 운 조뿔면 쉽게 공 꼬로 갈 수도 있제!

정남   공꼬로요? 우에 말인교?

덕구   니 읍내에 간적 있다켔제?

정남   야! 누부야 따라 두어 번 갔어예!

덕구   그라모 미군 도라꾸들이 줄비어 서 있는 곳도 봤겠네!

정남   어데예? 누부야가 길 잃어뿐다고 정님이만 델꼬 있으라 케서 읍내 길은 잘 몰라예!

덕구   니 그라믄 내 말 잘 듣거레이 읍내 장터 옆길로 가믄 미 군 양코배기들이 타고 다니는 도라꾸들이 있을 끼다. 서 울에 쉽게 갈라카믄 그 양코배기들 앞으로 가 이렇게 하믄 된다 (일어나 흉내내며) 헬로우 기브미 쪼코렛!

정남   헬로우 기브미 쪼코렛?

덕구   하모! 그라고나면 양코배기들이 뭐라고 쏼라쏼라할끼 다. 그건 말이다 "꺼져 이 재수 없는 놈들아"카는 말인데 그라믄 니는 요래 요래하면서 "유아라 몽키"하고는 냅 다 튀는기라. 그라고 반드시 근처 똥깐에 숨어야 한데이.

정남   똥깐요? 와 그래야 카는데예?

덕구   몰라 묻나! 그 양코배기들은 국산똥내를 아주 질색한다 안트나. 그러다가 양코배기들이 널 찾으러 다니는 동안 에 니는 스-을쩍 다시 도라꾸 쪽으로 가 후딱 도라꾸 위로 올라가 그 천 덥개 속으로 팍 숨으면 되는기라. 그 라믐 그 도라꾸가 널 서울로 데려다 줄 끼야 어떻노? 쉽제? 근데 배는 쪼메 고플끼다. (사이) 니는 와 서울에 가고 잖은데?

정남 지는 서울로 갈라카는 게 아니고예, 대전에 가고자파 그런 기라예. 울 아부질 찾아야 안 합니꺼?

덕구 느그 아부지? 그 아제는 죽었다 카든데!

정남 아이라예. 내는 맨날 울아부지 살아있게 해달라꼬 기도했어예!

덕구 기도? 참말로 기도하믄 느그 하나님이 니 기도를 들어준다 카드노?

정남 하모요…….

덕구 그라믄 낼러 창가 카수가 되게 해달라꼬 니가 낼 위해 기도해줄 수도 있겠네?

정남 형아가 낼로 공꼬로 서울 가는 법 갈켜줬으니까는 그리 해줄끼라예.

덕구 고맙다 이 문디자슥아. 그럼 내는 갈란다. (빈 지게를 짊어지고 몸을 흔들며) 앵두나무 우물가에 동네처녀 바람났네. 물동이 호미자루……. (퇴장한다)

정남 (멍하니 하늘을 쳐다보며) 엄마야! 내 대전에 가가 울 아버지 찾아올라카는데 엄마캉 하늘에 같이 사는 하나님께 낼로 대전에 가게 해달라꼬 부탁 좀 해도오. 엄마야 알았제!? (사이) 참, 뭐라캤드라? 헬로우 기브미 쪼코렛! 유아라 몽키? (중얼거릴 때 무대 뻐꾸기 소리가 점점 크게 들려오며 F.O 약간은 구슬픈 잔잔한 음악과 함께)

제2부 / 여름

〈여름〉에 등장하는 인물들

젊은정남 – 20대중반의 훤칠한 청년
젊은순정 – 20대초반의 약간미모 처녀
젊은경태 – 20대중반의 다정한 청년, 정남친구
젊은덕구 – 30대중반의 밤무대가수
김과장 – 50대 중반의 중견회사원
Mr 가 – 30대 중반의 회사원
Mr 나 – 30대 중반의 회사원
미스 양 – 20대 중반의 여자회사원
할머니 – 60대 후반 하숙집 할머니(소리)

5

무대 밝아지면 1960년대 서울의 일반 회사 사무실, 창밖으로 빌딩들이 보이는 풍경, 보건체조 음악이 들려오고 텅 빈 사무실에 20대 청년 정남이가 피곤한지 책상에 엎드려 자고 있다.
이때 체조를 하며 사무실 문을 열고 들어서는 김 과장.

김과장 야! 증말로 이노무 에미나이하고 아새끼들이 기가 빠져두 단단히 빠졌구나야. 지금이 몇 신데 아즉까지 출근들을 안 하는 기야! 거저 몽댕이가 약이라구 내래 사장이라면 거저……

전화벨소리 요란하게 울린다. 김 과장 계속 체조를 하며 전화기 앞으로 다가선다.

정남 (크게 잠꼬대로) 누부야야! 안 된다.

김과장 (깜짝 놀라며) 아이쿠 오마니! 하 놀래라…… 야. 이 새끼래 어제도 예서 날밤 샌 기야. (정남이 곁에 가서 깨우며) 이보라우 권정남, 권정남이……!

정남 (부시시 잠에서 깨어나며) 누고? (사이) 앗! 과장님! (벌떡 일어서며) 벌써 나오셨능교?

김과장 너 또 예서 날샌 기야?

정남   네? 아…… 예. 요새 마 억수로 세출장부가 밀려있어 가…….

김과장   일도 좋지만시리 너 몸 상하면 아무 쓸데없는 기야. 기건 기릿코 아침은 먹었네?

정남   네? 아, 예…… 묵었심더.

김과장   야 먹긴 뭐래 먹어! 방금까지 잠꼬대 하드만. (호주머니에서 지갑을 꺼내 지폐 한 장을 건네며) 어서 날래 가서 사람들 출근하기 전에 요 앞 국밥집에 가설랑 후딱 요기하구 오라우야!

정남   아아입니더…… 괴안심더. 어젯밤에 야근하다 먹은기 아직…… 체기가 있어가…….

김과장   공갈치지 말라우야! 내래 삼팔따라지라서 이래두 알구 저래두 알아야. 아 날래 다녀오라니끼니 뭐 하고 섰는 기야!

정남   (마지못해 돈을 받으며) 꽤…… 꽤안은데예…… 고 고맙심더.

김과장   고맙긴 뭐가 고맙니. 이거이 공꼬가 아니야! 알간?

정남   알았심니다. (머리를 극적대며 사무실 문을 열고 나간다)

김과장   (물끄러미 문쪽을 바라보며) 오마니! 우리 홍진이놈 잘 있갔지요? 오마니두요. 건강하시라요…… 내래 저 아새끼를 보믐 우리 홍진이놈 생각이 나서리…… 그만. (눈이 촉촉해진다)

이때 왁자지껄 회사직원들이 문을 열고 들어선다.

미스양　(김 과장님을 향해) 어머 과장님 오늘도 1등으로 출근하셨네요. 과장님 좋은 아침!

미스터가　과장님 안녕하셨으라?

미스터나　과장님 안녕하세유?

순정　과장님 안녕히 주무셨어요?

김과장　뭐야! 지금이 몇 신데 지금들 출근하는 기야. 내레 보건 체조 전까지는 모두 출근들해서 함께 체조를 하고 업무를 시작하자고 했어 안 했어! 야! 이래가지구 설라무니 삼성물산 몸통 회계부 위신을 지켜가갔어? 거저 몽댕이가 약이라구 내래 사장이라면 거저…….

미스양　(애교스럽게) 과장님! 몽둥이 약 대신 모닝 코피 한잔……OK?

미스터가　모닝 코피 조치라. 미스 양 내도 한잔 부탁혀잉?

미스터나　지두유. 헤헤 과장님 지라구 왜 일짝 오잡프지 않았것시유! 하지만 집이 모래내 끝 날망이라서 꼭두새벽에 집을 나서두 전찰 두 번 갈아 타야 허니께 어쩔 수가 없었구면유?

김과장　거 표준말들 좀 쓰라우야, 뭔놈으 부서에 팔도에서들 다 모여설라므니 외부사람들이 보며는 어케 생각하갔어! (사이) 으흠 내부터서리 말씨를 고치갔으니끼니 모다 앞으론 미스 오한테 배워 서울 말씨들 쓰자우야. 알갔어! 참, 알갔습니까?

일동　네 알갔습니다! (일동 웃음)

27

이때 정남이가 문을 열고 들어온다.

정남 모다 잘 주무셨능교? 지가 그만 아침밥 묵고오느라 이래
       쬐매 늦었능기라예!

일동 네 이해합니다. (다시 웃음. 정남이 어리둥절한 표정을 지을 때 경
       쾌한 음악과 함께 무대 F.O)

6

무대 밝아지면 일본식 다다미방 경태 하숙집 방 내부, 정남이가 법전을 뒤적이며 공부에 몰두하고 있다. 이때 경태가 급히 들어와 문을 닫는다. 그리고 문 바깥쪽의 동정을 살핀다.

정남　니 이자 오나? 와 이리 늦었는데?

경태　(손가락을 입에 대고) 쉬……. (잠시 침묵, 그리고 밖에 아무런 기척이 없자 일어나 웃옷을 벗는다)

정남　(조심스럽게 작은 소리로) 와? 무슨 일이고? 니 밖에서 무슨 일 있었나?

경태　(벌렁 자리에 누우며) 무슨 일은 무슨 일, 좋을 뻔했던 일이지!

정남　(여전히 공부를 하며) 뭔데?

경태　아 글쎄 어떤 야시시한 계집이 지난번 술집에서 같이 한잔하고 술김에 하룻밤 적선해줬더니만 오늘 저녁에 학교 도서관까지 찾아와서 나를 졸랑대며 계속 따라 다니잖아 집까지 따라 온다길래 귀찮아 한눈팔 때 슬쩍 도망쳐온 거야!…… 근데 너는 어젯밤에도 회사에서 야근한 거야? 야 너 돈 많이 벌겄다 응!

정남　아이다. 실은 느그 주인집 할매 무서버가 회사에서 안 잤나! 밀린 과제도 있고 또 이번 고시 떨자뿌면 다시 시작할려꼬 고시계획을 안 짰나!

경태　아 월세 밀리지 않고 꼬박꼬박 돈 내고 쓰는 방에서 내가 내 친구랑 함께 방 쓰는 게 뭐 어때서 저 할마시 눈치를 보나? 괜찮아 임마!

정남　그래도 그기 아이다. 어디 방만 쓰나! 세수할라카믄 수돗물도 쓰고 급할 땐 뒷간도 쓰야 되니까는 되게 눈치 보인다카이 또 니 혼자 자는데 내만 불 켜놓고 공부하자카이 그것도 좀 미안코…… 마 그래 그랬다.

경태　야 임마 그게 말이나 되냐 친구 사이에…… 내 그럴 놈이면 애초에 널 집으로 오라 하질 않었어!

정남　자슥 안다 내 그냥 말이 그렇다는 기지!

경태　야 너 공부하는데 정말 미안한데 지금부터 삼십 분만 나랑 얘기 좀 하자! 괜찮겠어?

정남　하모 괜않치! 그찮아도 내 졸려가 잠시 책을 덮을라켔다. (책을 덮고 경태 앞으로 몸을 돌리며) 무슨 얘긴데? 어디 해봐라!

경태　야! 너 그래서 니네 누님하고 그렇게 헤어지고는 영영 다시 못 만난 거야? 서로 연락도 안 했고?

정남　그기 와 궁금한데? 니 낼 갖고 작품 쓸려고 하나? (사이) 참, 니도 신춘문예 마감 날이 이제 얼마 안 남았제!

경태　녀석 눈치 하난 빨라가지고. 그래 내 아무리 작품을 구상해 보려고 해도 요샌 머리가 정지됐는지 도통 어떤 소젯거리도 떠오르지가 않는단 말이야. 6·25난리 때 빨치산 이야길 쓰고 싶어도 이데올로기가 뭔지 그런 애길

써봤자 검열 핑계 대고 낙방만 할 게 뻔하고 정비석 스타일의 자유연애 어쩌고 저쩌고 해봤자 경험부족에다 허구적인 글 자체가 작가적 양심에 허용 안 되고 그래서 좀 더 리얼리티를 살려 내 친구 인생이야기 좀 참고하려고 한다. 됐냐? 어때 괜찮겠어?

정남 내사마 상관있겠노? 내 삶 자체가 그리 된 기고 그기 내 운명인데…… 헌데 그기 뭐 작품 소재거리가 되겠노?

경태 그냥 있는 그대로만 말해주면 돼! 니 동생 정님이 이야기는 내 지난번에 들었고 누님 이야기가 궁금하단 말이야. 니가 그러니까 누님 소식을 들은 것은 언제야?

정남 (긴 한숨과 침묵 후에) 내 그리 서울로 도망쳐와가 염치도 없고 또 내 소식 알려주믄 누나가 낼 찾는다꼬 서울로 올라올 거시 뻔해가 몇 년 동안은 아무 소식도 알리지 않았다 아이가! 그라고 또 이 넓은 서울서 내 몸뚱이 하나 간수하기가 어디 쉽드노? 내 니한테 세세한 말은 다 몬 했다만서도 내 그간 고생 억수로 마이했다. 사는 게 사는 게 아였든기라. 다행히도 내한테는 인복이 많아가 신문배달원 아재랑 선배들이 참 내게 잘해줬고 그 덕분에 야학까정 안 다녔드노. 새벽 신문배달에 낮에는 아이스케끼 장사도 했고 야학을 당겨와가 밤에는 공사장 지킴이 아재들 경비실에서 쪽잠도 자고 내 그리 살았다. 헌데 언젠가 하루는 청량리역 쪽으로 아이스케키를 팔러 가가 문득 전봇대에 붙어있는 덕구 성님 사진을 본기라.

무신 카바레캉 하는 쑈 찌라시였는데 거기 덕구 성님이 근사한 모자를 쓰고 가수라카매 떡하니 붙어 있었던 기라. 내 놀래가 그 찌라시를 뜯어가가 물어물어 그 카바레를 찾아 안 갔드노!

경태 (연신 정남이 이야기를 노트에 받아 적어가면서) 그래서 그 가수가 된다고 너를 서울로 꼬셨던 그 덕구 형님이란 사람을 만났어?

정남 (다시 긴 한숨) 그래 만났다. 헌데 내 괜한 짓 했다고 그 즉시로 후회를 안 했드노!

서정적인 음악F.I 되면서 무대조명 Out된다.

7

어둠 속에서 깡패들 싸움소리 효과음으로 들리며 음악소리 계속된다. 잠시 후 무대 서서히 F.I 되면 무대 우편 끝쪽에 전봇대 가로등이 희미하게 켜있고 그 아래 무대복을 입고 술이 취한 채 덕구가 쓰러져 있다.

정남 (덕구를 흔들어 일으키며) 형님요! 덕구 형님 아닝교? 야? 일나 보이소!

덕구 (술에 취한 채 눈을 뜨며) 누꼬? 누가 내 소싯적 동네이름을 부르노? 내는 찰스 박인데…….

정남 접니더, 정냄이! 복곡에 살던 정냄이.

덕구 (일어나 앉으며) 정냄이? 아니 그라모 복곡에 살던 그 정냄이란 말이고?

정남 (울며) 야! 낼시더. 내가 바로 그 정냄입니더…… 헌데 형님은 우짜다 이래 됐능교?

덕구 (와락 정남이를 끌어안으며) 아이고 정냄아! 니 여즉 살아있었드노? 이 문디 자슥아! 니 어디서 살다 이래 나타났드노?

정남 (울며) 그보다 형님 이게 무슨 꼴인교? 와 아까 전에 그 술집 앞에서 깡패놈들에게 두들겨 맞으며 쫓겨났는데예!

덕구 (사이) 니 봤나? 내 지금 이래 산다! 아까 전에 그놈오 새

끼들 모다 저 카바레에 얹혀사는 양아치새끼들이다. 내
몸이 아파가 며칠 무대를 빵꾸냈다고 이래 인정사정없
이 낼로 패뿌리면서 내 스테이지까지 없앤 기라. 그래
내 술 한잔하고 술기운 믿고 저놈아들한테 엉기다보이
이 꼴이 안 됐드노!

정남   (울며) 그래 괜않습니꺼? 어디 부러지거나 심하게 다친 데
       는 없고예?

덕구   괜않타카이! 그나저나 니 니 누부야 정연이 소식은 들
       었나?

정남   (화들짝) 우리 누부야요? 우리 정연이 누나 말인교?

덕구   그래 니 누야 정연이…… 그 이쁘장하던 내 첫사랑 정연
       이 말이다.

정남   첫사랑이라꼬예? 그래 우리 누나는 지금 어찌 사는데
       예? 우리 누나 소식을 아능교? 야?

덕구   (몸을 움직이며) 낼로 좀 일으켜 도고! (자세를 바로 앉으며) 정
       냄아 니 담배있노? 있으면 한 까치만 도고. 아참! 니 예
       배당에 다녔지? 예수쟁이들은 담배 몬 핀다는 거 내 그
       만 깜빡했다. 니 아직도 예배당에 다니노?

정남   하모요! (통에서 아이스께키 한 개를 꺼내며) 대신 정신 들게 이
       거 하나 먹으이소! 그라고 퍼뜩 우리 누부야 소식 좀 들
       려주이소.

덕구   (아이스께키를 받아들고) 니 지금도 이리 고생이 많나! 불쌍
       한 자슥. 미얀테이. 내 니한테 증말 미안코마!

정남   뭐가요. 뭐가 미안한데예?

덕구   (아이스께끼를 한번 빨고는) 어린 니를 서울로 꼬싱게 내라서 미안코, 또 그로 인해 니 누나 정연이가 널 찾는다꼬 서울로 오게 한 동기가 결국 내니께 미안코…… 그보다 더 미안한기는…… (왈칵 눈물을 쏟아내며) 정냄아 낼 용서해도 오. 내 증말로 너거들한테 죄진 게 많아가 더 이상 말 몬 하겠다!

정남   뭐라꼬에? 우리 누부야가 낼 찾으러 서울로 왔단 말인교? 언제예? 그라믄 우리 누부얄 만나봤는교? 형님요 어서 말해보이소, 야?

덕구   (더욱 소리 내어 울며) 지금은 내는 모른다. 느그 누부야가 있는 데를 내 안다카믄 내 이리 있겠나! 내는 정말로 느그들한테 죄를 많이 진 나쁜 놈이다. 참말로 내 니한테 용서받을 기 한두 가지가 아이다. 정냄아!

정남   뭔 말인교? 와 형님이 내게 용서를 빌어야카는데예? 혹시 우리 누부야를 서울에서 만났능교?

덕구   (고개를 끄덕인다) 그래…… 내 실은 정연이하고 만나가 한 이태 동안 한집에서 같이 안 살았드노!

정남   뭐라꼬예? 그기 무슨 말잉교? 그럼 부부 매냥 한집에서 같이 살았단 말인교?

덕구   맞다 내 그리 했다.

정남   그런데에? 그런데 우리 누부야가 지금 어찌 사는데요? 어서 퍼득 말해보소!

덕구 모른다 안 카드나! 내 빙신같이 그만 같이 쑈하는 가시 나한테 빠져가 지랄육갑 떠는 바람에 느그 누부야가 널 팽게뿔고 아델구 온다간다 말없이 사라진 지가 벌써 이텐둥 지난기라?

정남 뭐라꼬예? 얼라를 델고 가버렸다고예? 그럼 아까정 있 었단 말잉교?

강한 음악과 함께 무대 F.O된다.

8

무대 밝아지면 다시 텅 빈 회사 사무실, 창밖으로 세찬 비가 쏟아지고 정남이가 창문에 기대서서 움직이질 않는다.

덕구(녹음) 내 니 누부야 찾는다꼬 복곡도 내려가가 니 누부야 친구들하고 동네사람들 죄다 안 찾아 봤드노. 헌데 아무도 모른다 카더라. 그래 이번엘랑 영등포 구로동 쪽방촌하고 그 일대 공장이란 공장은 죄 찾아봤지만서도 정말로 찾을 길이 없었던 기라. 정연이도 정연이지만 우리 찬돌이 내 아들 유찬석이…… 그 얼라놈이 눈에 밟혀가 내 미치겠더라. 찬돌아…… 정연이 이 가시나야……. (소리 사라진다)

이때 사무실 문이 천천히 열리더니 비에 젖은 순정, 가슴에 커다란 봉지를 안고 서 있다. 빗소리가 크게 들린다.

정남 (흠칫하고는) 누군기요? 오늘 모두 업무마감하고 퇴근들 했는데예! (사이) 순정 씨? 오순정 씨 아닝교? 아니 와 그리 비를 맞았어예? 퍼득 들어오이소!

순정 (밝은 표정으로 들어오며) 어, 혼자네요? 우산이 없어 회사 현관문에서 비 그치길 기다리다가 문득 우리 사무실에 불이 켜져 있길래 올라와 봤는데……! 모두 퇴근하고 정남 씨 혼자 계셨던 거예요?

정남 하모요. 아까 순정 씨 퇴근할 때 모다 같이 안 나갔능교! 내캉 오늘 학교 갔다 밀린 일이 있어가 오늘밤도 예서 지낼라꼬 있었던 기라예!

순정 (환하게 웃으며) 마침 잘됐네. 그럼 아직 저녁 전이시겠네요? 집에 가서 동생들하고 먹으려고 좀 전에 비 오기 전 조기 골목 모퉁이집 교자만두가게에서 만두를 조금 샀는데 우리 이거 먹으면 되겠네요. (가슴에 안고 있던 봉지를 내려 놓는다)

정남 아니라예! 지는 괜않아예! 아까 전에 강의 끝나고 친구들하고 학교 앞 포장마차에서 저녁참으로 우동을 먹고 왔더니만서도 아무 생각이 없어예. 그 만둘랑 집에 가가 동생들하고 나눠드이소!

순정 아니에요! 비가 언제 그칠지도 모르고 여름장마에 집에까지 가져가다 금방 쉬기라도 하면 다 버려야 해요. 그냥 이리와 드세요 (봉지를 열며) 어머! 아직 김이 모락모락 나네요. 어서요 정남 씨!

정남 (다가오며) 정말 내는 괜않은데…… 그럼 감사히 잘 먹겠심더! (두세 개를 덥썩 먹어치운다)

순정 (정남을 물끄러미 바라보다가 물컵을 건네며) 체하겠어요. 천천히 드세요!

정남 (흠칫) 아참! 같이 좀 드입시다. 만두는 내 오랜만이라 그냥 염치없이 막 묵었능갑네예. 역시 만두는 명동교자 만두라 카드만!

순정 (만두를 하나 집어들고는) 정남 씨 고향이 아주 시골이라면서요? 시골 어디예요?

정남 즈기. 경상북도 영덕이라꼬 들어 봤능교? 아주 멀지예…… (사이) 그보담 순정 씨?…….

순정 (흠칫) 네! 왜…… 요?

정남 왜 그리 내게 잘해주능교?

순정 (약간 더듬) 뭐, 뭐가요? 제가 뭘……!

정남 다 압니더! 순정 씨가 요즘 내게 너무 잘해주고 있다는 걸.

순정 …… 아, 아닌데……!

정남 (잠시 침묵) 예까집니더, 더 이상 내게 잘해주지 마이소! 지는 허우대만 멀쩡했지 암것도 가진 게 없는 놈이라예!

순정 왜 그런 말씀을 하시는 거예요? 그리고 제가 뭘 어떻게 했다고…….

정남 내 아까부터 맴이 좀 심란해가 창밖을 내다보고 있었어예. 그라고 순정 씨가 비를 맞고 만두 사가지고 요 아래 현관으로 들어와가 한참을 서 있는 걸 안 봤습니꺼. 그러지 마이소. 내 아즉꺼정은 할 일이 많은 놈이라서예. 여자를 맘에 두고 다닐 수 있는 그런 처지가 아니란 말입니더!

순정 …… 누가 뭐라 그랬어요? 그냥 정남 씬 정남 씨가 살던 그대로 살아요. 남 생각 말고…….

정남	그게 뭔 말잉교?
순정	아직까지 내 맘은 내 꺼니까 내가 정남 씨를 좋아하든 말든 상관 말라는 말이에요!
정남	순정 씨!
순정	바보! 정말 바보같애……! (휙 사무실 밖으로 퇴장)
정남	…… 순정 씨! 순정 씨예! (창가 쪽으로 가서 창밖을 향해 창문을 두드리며 계속 부른다)

음악과 함께 빗소리 세차게 들리고 사무실 전구가 깜빡거리다가 천둥소리와 함께 불이 완전히 꺼진나 어둠 속에 실루엣으로 서 있는 정남, 빗소리 더욱 세차게, 무대조명 사라지고 그리고 음악 Up-down, 이어 탱크소리가 한참동안 요란하게 들리다가 F.O.

9

무대 다시 밝아지면 경태네 하숙방, 바깥쪽에서 시끄러운 소리. 정
남이가 책상에 앉아 공부를 하고 있다. 잠시 후 경태가 조간신문을
펴들고 방안으로 뛰어 들어온다.

경태　정남아 큰일났다.

정남　와? 무슨 일인데?

경태　내 트랜지스터 어디다 뒀지? 아 여깄구나. (급하게 작은 라
　　　디오를 켠다)

정남　아 뭔일이라도 난기가?

경태　쉿! 조용히 하고 들어봐!

라디오(소리)　친애하는 애국 동포 여러분! 은인자중하던 군부는 드
　　　디어 오늘 아침 미명을 기해 일제히 행동을 개시하여 국
　　　가의 행정, 입법, 사법의 3권을 완전히 장악하고 이어 군
　　　사혁명 위원회를 조직하였습니다. 군부가 궐기한 것은
　　　부패하고 무능한 현 정권과 기성 정치인들에게 이 이상
　　　더 국가와 민족의 운명을 맡겨둘 수 없다고 단정하고 백
　　　척간두에서 방황하는 조국의 위기를 극복하기 위한 것
　　　이었습니다.

정남	아 뭐라 카는기가? 지금.
경태	쉿! 더 들어봐!

라디오(소리) 혁명공약, 우리 군사혁명위원회는 첫째, 반공을 국시의 제1로 삼고 지금까지 형식적이고 구호에만 그친 반공태세를 재정비 강화할 것입니다. 둘째, 유엔 헌장을 준수하고 국제협약을 충실히 이행할 것이며 미국을 위시한 자유우방과의 유대를 더욱 공고히 할 것입니다. 셋째, 이 나라 사회의 모든 부패와 구악을 일소하고 퇴폐한 국민도의와 민족정기를 다시 바로잡기 위하여 청신한 기풍을 진작할 것입니다. (라디오 소리 F.O)

정남	이기 다 무신 소리고? 그럼 군인들이 혁명을 일가 뿌렸단 말이가?
경태	내 이럴 줄 알았지! 이기붕만 없어진다고 나라가 잘 되는 게 아니었어? 모두다 장면, 장면 하지만 장면정권도 모두 다 썩은 정치놈들 뿐이니…… 에이 참 아니다. 차라리 잘 됐지 뭐냐?
정남	아니 그라모 장면내각이 뒤지비지고 군이 국가 통수권을 모다 장악했단 말이가?
경태	너도 방금 들었잖아. 이제 세상이 바뀌진 거라고! 하루 아침에 이 무슨 날벼락인지……?
정남	참으로 이상테이. 내 아까 전에 통금 지나가 을지로

쪽으로 빠져나가 이리로 온 긴데 그때까정은 아무런 인기척도 없었능기라. (사이) 오! 맞데이. 그라고 보이 뭔가 굉음소리가 들리더만 그기 탱크소리였는갑다!

경태 빌어먹을…… 아 자유당 타도한다고 어린 학생들 피 흘리게 하고 민주당 개헌으로 세상 개벽하는 줄 알았더니만…… 개뿔! 당내 구파 신파 싸우다 결국 군에게 쪽박 찼네 그려. 내각책임제니 양원제니 듣도 보도 못한 거 떠들 때부터 내 알아봤지. (벌렁 누우며 다리를 꼬아 떨며 노래를 흥얼거린다) 가련다 떠나련다 어린아들 손을 잡고 감자 심고 수수 심는 두메산골 내 고향을…….

정남 꼭두새벽부터 웬 노래고! 주인할마시 깨가 잔소리하면 우얄라꼬!

경태 (대꾸도 않은 채) 못 살아도 나는 좋다 외로워도 나는 좋아 눈물 어린 보따리에 황혼빛이 젖어드네…… (사이) 정남아!

정남 와?

경태 우리가 참 더러운 시절에 태어났다. 안 그래? 대동아전쟁인가 뭔가 하던 제일 빌어먹을 때 태어나서 해방 되면 살만할까 싶었는데 또 6·25가 터져 난리통에 빌어먹고 자유당 독재정권 십년 세월에 보릿고개 웬말인가 싶었는데 학생혁명에 이어 이제는 군부혁명이라니! 임진왜란, 병자호란도 이보단 나았을 꺼다! 안 그래?

정남 그래도 니 팔자는 내보다 안 낫드노! 니는 부모님도 계시고 형제가족도 있고 고향에 농사지을 땅도 안 있나!

시상이 이래 어수선해싸 그렇지 니는 앞으로 시상이 우에 될랑가는 몰라도 무신 걱정꺼리가 있겠노!

이때 문 밖에서 주인집 할매 목소리가 요란하게 들린다.

할매(소리) 경태놈 방에 있냐?

정남 후다닥 이불을 뒤집어 쓰고 숨는다.

할매(소리) 아 있어 없어? 왜 사람이 불러싸도 대답을 안 능기여?
경태 (방문을 열고 나가며) 아 자는 사람 왜 깨우고 난리여!
할매(소리) 지랄허구 자빠졌네. 니놈은 잠꼬대도 노래로 하냐? 니놈 노랫소리에 온 식구가 깬 게 언젠데 자빠져 자! 지랄 염병. 니놈 친군가 뭔가 하는 놈도 안에 있제? 엊저녁에 우리집으로 그놈헌테 전본가 뭔가 한 통 왔더라! 여기가 뭐 제놈 집이라도 되는거 뭐여 어디로 편지질이여! 편지질이. 옛다!
경태 와 우리 할마시 이해심이 하늘 같구먼
할매(소리 멀어지며) 에라 이놈아 입에다 침이나 바르고 말혀!
경태 (갑자기 소리치며 방으로 들어오면서) 야! 정남아. 정남아!
정남 (이불을 벗으며) 주인할매 갔나? 와 그라는데.
경태 야 정남아! 정남아아! (정남이를 끌어 안는다)
정남 아, 와 그라는데? 말로 하거래이. 그리고 그게 뭐꼬?

경태　야 임마 이거 내무부에서 온 전본데…… 너 임마 너 정남이 너 사법고시 최종합격했다는 통지서야 임마, 합격통지서!

정남　(화들짝 일어서며) 뭐…… 뭐라꼬? 참말이가!

경태　그럼 참말이지 않고…… 이것 봐. (전보용지를 건네며) 수신 권정남 귀하의 제12기 사법시험 최종합격을 통지합니다. 우와 내 친구 권정남이 드디어 법관이 되는구나 장하다 내 친구 권정남!

정남　(전보용지를 들고 멍하니 서서) 하나님예 감사합니다! 참말로 감사합니다! (사이) 누부야 니 지금 어디 있노? 누야…… 니 들었제……. (잔잔한 음악)

이때 다시 라디오에서 소리가 들리며 무대조명 서서히 사라진다.

라디오(소리)　넷째, 절망과 기아선상에서 허덕이는 민생고를 시급히 해결하고 국가 자주경제 재건에 총력을 경주할 것이며 다섯 째, 민족적 숙원인 국토통일을 위하여 공산주의와 대결할 수 있는 실력의 배양에 전력을 집중하고 여섯째, 이와 같은 우리의 과업이 성취되면 참신하고도 양심적인 정치인들에게 언제든지 정권을 이양하고 우리들 본연의 임무에 복귀할 준비를 갖추겠습니다. (행군가) 오일육의 행군나팔 새벽을 깨우며 우리들은 걸어간다 발을 맞추어…… 용공중립 간접침략 짓밟고 간다. (음악F.O)

제3부 / 가을

〈가을〉에 등장하는 인물들

초로정연 – 50대 후반의 초로 여인
중년정남 – 50대 중반의 젠틀한 중년신사
중년순정 – 50대 초반의 고상한 사모님
중년경태 – 50대 중반의 다정한 중년남성
30대찬돌 – 30대 초반의 건달 같은 청년
형 사 – 40대 중반의 형사
영 감 – 70대 중반의 허름한 병약한 노인
TV영상 – TV에서 아나운서와 취재기자의 목소리

10

야상곡과 같은 감상적인 피아노곡이 배경음악으로 깔리고 세찬 빗소리, 조명 서서히 비추면 중년의 정남, 거실에서 창밖을 내다보고 서 있다. 잠시 후 아내 순정이 안방 문을 열고 나온다.

순정 아니 여보! 여즉 안 주무셨던 거예요? 난 또 새벽예배 드리러 교회에 가신 줄 알았네…… (사이) 오늘 같은 날 안 주무시면 어떡해요. 날 밝으면 오빠네 가족 모두 다 우리집으로 몰려올 텐데…… 아버지 어머니까지…….

정남 (여전히 창밖을 쳐다보며 미동을 않는다. 침묵을 하며)

순정 당신 또 성님 생각하시는가 보네요. 이렇게 날밤 새우다가 얘들 식장에서 실수라도 하면 어쩌려구…… 그만 안으로 들어가 잠시라도 눈 붙여요. 그래봤자 서너 시간밖에 더 못 자겠네…….

정남 당신이나 들어가 더 자거라. 음식 장만하느라 며칠째 잠을 못 잔 건 당신아이가!

순정 여보…… 당신 맘 몰라서 그러는 게 아니라…….

정남 (말을 가로채며) 그만해. 내 조금만 더 있다가 들어갈 테니까.

순정 으그 고집도, 참 아! 깜빡했네. 어제 낮에 고모부한테서 전화 왔었어요. 오늘 식장 가기 전에 이리로 잠깐 들리겠다구.

정남   (몸을 돌아서며) 뭐라꼬 덕구 형님이? 그래 와 식장으로 바로 안가고 이리로 온다카드노?

순정   글쎄 취중이라서 뭐라 말씀하는지 잘 못 알아 듣겠더라구요. 아! 어디 지방엘 내려가야 한다고 했나? 그래요 아마 그렇게 말하는 거 같았어. 이따 오시면 직접 들어보세요.

정남   알았다! (다시 돌아서며 침묵)

순정   여보 복곡에서는 동네 어르신들하고 정님이 고모, 고모부가 꼭 올라오신다고 했죠? 당신 터미널로 차 보내라고 했어요?

정남   (뒤돌아 선 채 고개를 끄덕이며) 이틀 전에 상이한테 말해놓긴 했는데 놈이 안 이자뿌렸나 모르겠다. 아침에 일나거든 당신이 한번 확인해 봐라!

순정   그렇게 할 테니까 당신 이제 그만 들어가 주무세요. 아! 나는 더 자야겠어요. 빨리 한숨이라도 더 자고 일어나야지 일이 끝도 없네. 식전에 비가 그치려나? 웬 가을비가 여름장마비 같이 내리네. (하품을 하며 퇴장)

다시 창밖으로 세찬 빗소리. 그리고 은은한 피아노 소리.

정남   (소리) 누부야! 어디 있노? 어디 숨어 박혀 이리도 나타나질 않는기가. 이리 좋은 날 누나가 내 곁에 있어가 웃어주면 얼마나 좋겠노…… 내는 이자 누부야 얼굴도 다 이자뿌렸다. 누부야! 누야 큰조카 내 아들 상이가 오늘 지짝 만나가 결혼한다칸다! 누야가 우덜 곁에 있었다면 더 좋아할 낀데…… 무슨 한이 그리 많아가 우덜 곁을 떠났노 말이다. 우리 아들 상이놈도 내 뒤를 따라 사법고시 해갔고 지금 검사가 됐고. 우리 며늘애도 같은 동기생으로 갸도 판산기라. 내 누부야 덕에 이리 팔자 피가 잘 살고 있는데 누부얀 어디서 뭘 하고 사는 기가? 죽었노 살았노 밥일랑은 묵고 사는 기가? 제발 기별이라도 해도고…… 누부야!

다시 세찬 빗소리, 피아노 소리 up-down, 무대조명 F.O.

11

무대 밝아지면 정남이 신문을 펼쳐들고 거실에 앉아있다. 이때 순정과 함께 경태 등장.

순정 여보 이 교장선생님 오셨어요! (경태에게) 이리로 앉으세요.

정남 (신문을 거두며) 왔나? 학교에서 직접 왔는가보네!

경태 내 하도 속이 상해서 퇴근하다말고 이리로 온 거야!

정남 뭐가! 뭐가 또 우리 교장선생님 속을 뒤집혀 놨는데?

경태 나라꼴이 어찌 되려고 이리 되는 거냐? 넌 이미 알고 있었지? 야 말이 되는거냐구? 어떻게 김영삼, 노태우, 김종필이 손을 잡고 보수 대연합을 선언할 수가 있어? 뭐? 자유민주주의와 자유시장경제의 이념 이데올로기를 제1원리로 삼는다고? 조까꾸 잡아졌네. 한쪽에선 빨갱이 국가도 아니구 전국노동자 협의회를 구성해서 벌써 20만 명이 넘게 지원했다는데…… 지네들끼리 대권 땅따먹기야, 순번질이야? 뭐야? 어이구 우리 조상님들 묘 자리에서 죄다 깨어나시게 생겼네. 그려……

정남 니는 교장선생님이라 카는 놈이 그 무신 상스러운 욕이고?

경태 잘났다 권판, 허기사 넌 교회 장로님이니까 국민들의 탄식소리조차 모두다 기도 소리로 들리겠지!

정남 그건 그렇고 핵교 선생님이 뭔 돈을 많이 번다꼬 그리 축의금을 많이 보냈노? 아 에미가 부담스럽다 카드라!

경태 복꼴 복이야 품앗이라고 생각해. 이제 우리 큰놈도 곧 결혼할 거니까 제수씨 보고 삼 배수 올려서 낼 준비나 하시라고 해!

순정 커피잔을 들고 들어온다.

순정 말도 안 돼. 복꼴 복이라면서 삼 배수라니요. 그건 그렇고 저녁진지 드시고 가세요. 내 정현이 엄마한테는 교장선생님 여기서 저녁진지 드시고 간다고 전활 할 테니까요!

경태 알았어요. 저녁 먹고 바둑 한판 두고 늦게 간다고 전해 주세요! (TV를 켠다)

TV 뉴스가 나온다. 두 사람 TV에 눈을 돌린다.

TV영상(소리) 뉴스속보입니다. 지난 6일 저녁 경기도 양평 국도6호선 도로에서 일가족을 납치해 살해한 범인 일당이 모두 검거됐습니다. 양인석 기자입니다. (남자 목소리 전환) 범인 김기환을 비롯한 모두 20대 초반의 남녀 7명으로 구성된 이들은 1993년 4월 도박판에서 만나 같은 전과자라는 공감대와 불우한 환경을 비관하며 가진 자들에게 막연한 적개심으로 의기투합하여 지존파라는 이름을 짓고

"돈 많은 자들을 저주한다", "돈 많은 자들에게 10억 원을 뺏는다", "조직을 배반한 자는 죽인다"라는 세 가지 강령을 내걸고 무자비하고 가혹한 훈련으로 살인교습을 시행했다고 합니다. 이들은 처음에 강릉에서 신혼부부를 납치하여 강도 행각을 벌였고 2차로 유씨 일가족을 납치 살해했는데 그동안 생사 여부를 알 수 없었던 유씨 일가족이 양평군 싸리봉 아래 산기슭에서 모두 시신으로 발견되었습니다. 검경합동수사본부에 따르면 이들은 모두 생매장되어 흙에 파묻혀 죽은 것으로 추정되는데 그 가운데는 5살난 여아까지 포함되었다고 합니다. KBS 양인석이었습니다.

경태 (TV를 끄며) 아니! 저런 저런…… 저건 또 무슨 짓이야? 와 말세 말세라더니 진짜 말셀쎄 그려?

정남 저 저것들이 사람이야 짐승인기야…… (이때 벨소리, 수화기를 든다) 여보세요? 아! 상이가? 무슨 일이고? 뭐라꼬? 니가? 그래 경상북도 영덕군 지품면 동네 이름은 복곡리다와 그라는데? 뭐라, 그래서? 알았다! (수화기를 내려놓는다)

경태 상이야?

정남 그래! 근데 이상테이……?

경태 아니 뭔데…… 뭐가 이상하다는 거야?

정남 글쎄…… 아즉은 잘 모르겠는데 방금 우리가 본 뉴스사건을 우리 상이가 맡고 있다카네! 그런데 뭐 범인놈 가운데 한명을 대전에서 검거했다카는데 그곳에서 용의자 주변인물 한 놈을 잡아가 참고인으로 조사하는 과정에 서 경상도 복곡이라카는 말을 듣고 상이가 전화를 한 기야! 복곡 누구제?

경태 야! 혹시? 니가 찾는 누님과 연계된 인물 아닐까?

정남 누님? 글쎄…… 내가 알기로 복곡 사람 중에는 대전에 사는 할마시가 없는 걸로 아는데…… 혹시? (안에다 대고) 상이야! 봐라! 상이야! 이리 좀 퍼득 나와 봐라!

순정이 앞치마에 손을 닦으며 나온다.

순정 왜 그래요? 바빠 죽겠는데…….

정남 당신 덕구 형님네 전화번호 아나?

순정 웬 뜬금없이 고모부네 전화번호는……? 아 장부에 적어 놓은 게 있겠지 왜요?

정남 그라믄 당신이 전화 한 번 해봐라 만약 형님이 집에 없 으면 그 집 아 이름이 뭐라겠지? 그 아에게 전활해서 내 한테 전화를 하라캐라!

순정 저이는 참 나쁜 습성이 있어요. 자기는 지금 쉬고 있으 면서도 꼭 일 바쁜 날 시킨단 말야! 교장선생님도 집에 서 그러세요?

정남 아 뭐 하노! 빨랑 전화하지 않고!

경태 이 친구 판사 되고부터 곤란한 청탁전화에 노이로제 걸

려 그런 걸 거예요. 하기사 나도 노상 집사람한테 듣는 말인 걸요. 누가 선생 아니랄까봐 그러느냐구요. 하하하.

순정 어이구 다 여자 팔자지요 뭐! 그러려니 해야지 원.

정남 (긴장된 얼굴로) 아이다. 내가 지금 내려가보는 게 안 낫겠나? (사이) 여보! 성님네 말고 차 기사한테 전화해라 지금 집으로 오라꼬. 그기 낫겠다.

경태 왜 이 저녁에 대전에 내려가려고?

정남 글쎄 그기 낫겠다 싶다! 갑자기 기분이 이상해지네? 자네 내랑 같이 안 갈래? 바람도 쐴 겸해서…… 내일이 주일이니까 학교엔 안 가도 되잖아! 저녁은 대전가가 설렁탕 잘한다는데 가서 묵고…… (자리에 일어나며) 그래 아무래도 그기 낫겠다. 낼 좀 도와다고! 와 이리 가슴이 뛰는기가…… 이 교장 퍼뜩 일나거라 어서!

슬픈 로망스 음악과 함께 무대조명 F.O.

12

무대 밝아지면 정남이 형사 취조실에서 형사과장과 함께 찬돌과
마주하고 앉아있다,

형사 어여 이 어르신께서 물으시는 말씀에 공손히 대답해 올
려라. 이분은 우리나라 법조계에 큰 어르신잉께.

찬돌 (약간 건방지게) 글쎄 뭐든지 물어보시라구요 나는 겁날 게
하나도 없는 놈이니까.

형사 (수첩으로 찬돌을 내리치며) 어라 요 잡것이 어느 안전이라고
야 이 새끼야 너 공손하라는 말이 뭔지 모르능기여?

찬돌 (버럭 성질을 내며) 아 왜 때려요? 말로 하시라구요 말로!

형사 (다시 수첩을 높이 들며) 이 새끼가 그냥!

정남 아아! 박 과장 참아요. 나는 괜찮으니까 이 청년 말대로
말로 하소. 그라고 내 이 사람하고 단둘이 이야기 좀 했
으면 하는데 괜안겠소?

형사 아 물론이지라 (일어서며) 너 이 자식 이 어르신한테 공손
하지 않으면 안 된다. (퇴장)

정남 (잠시 침묵, 물끄러미 찬돌 얼굴을 살피며) 자네 이름이 뭐꼬?!

찬돌 (의아한 표정) 아 뭔데요? 뭘 알고 싶으신데요? 저는 그 영
준이라는 삐끼놈 안면은 있어도 잘 모르는 사이라구요!

정남 …….

찬돌	제 이름이요? 정재요 이정잰데요?
정남	이정재? 그 이름이 본명이가? (찬돌 얼굴을 뚫어지게 바라본다)
찬돌	아, 아니…… 요!
정남	그라모 자네 진짜 이름을 말해보거라.
찬돌	정재라는 이름은 클럽 테이블에서 쓰는 이름이구요 제지…… 진짜 이름은.
정남	그래 진짜 이름말이다.
찬돌	찬석…… 유찬석인데요.
정남	유찬석…… 찬돌? 그카면 나이는 얼마나 되었노?
찬돌	나이는 먹을 만치 먹었고요. (버럭) 아니 근데 왜 그러시는데요? 저는 정말로 그 영준인가 뭔가 하는 놈 잘 알지 못한다구요. 하 그 개새끼 왜 하필이면 우리 숙소 옥상에서 뒈져가지고…… 이보세요! 아저씨 아니…… 선생님 정말이지 전 이번 사건하고 저하고는 정말…….
정남	내는 그런 게 아이고 다른 일로 자넬 보러온 거야 그러니까 솔직한 대답을 해봐라! 자네 나이가 올해 몇이야?
찬돌	…… 서른둘이요! 근데 좀 전에 아저씨가 말한 찬돌이 그거 제 어릴 적 이름인데…… 그걸 어떻게 아십니까?
정남	(긴장된 표정) 참말이가?…… 그럼 자네 본이름이 찬돌이란 말이가? 그럼 혹시 말이다. 자네 모친 이름은 어떻게 되나? 자네 어머니 말야!
찬돌	우리 엄마요? 우리 엄만지 할망군지 그 여자 이름은 엘리나구요. 저랑은 떨어져 산 지 오래 되나서 요즘은 어

떻게 지내는지 저도 잘 몰라요!

정남 엘리나? 그것도 본명이 아니잖아…… 진짜 이름말이다 본명……!

찬돌 그만하시죠! 이름이구 나발이구 엄마 얘긴 꺼내고 싶지 않으니까요 그러니 손님 아니 사장님, 아니 선생님! 내가 연행된 진짜 이유나 말씀해주세요! 저는 정말이지…….

정남 자네가 그러니까? 아, 아니다. (사이) 자네 참말로 이번 지존파 사건과는 아무런 관련이 없다켔지? 니 맹세할 수 있나?

찬돌 그 그렇다니까요! 그 영준인가 하는 삐끼새끼 혜숙이 애인이라고 하면서 우리 클럽에 가끔씩 드나든 건 봤어도 개인적으로는 한번도 만난 적도 없는 새끼예요. 정말입니다

정남 그라믄 좋다. 내 니를 믿고 여기서 빼내줄 테니까는 어디 가서 내캉 조용히 얘기 좀 하자

찬돌 저, 정말이요?

정남 (안에다 대고) 이봐! 박 과장! 박 과장! 이리로 좀 와보소! (찬돌에게) 니 복곡이라는 델 들어봤나?

찬돌 복곡이요?

정남 그래, 경북 영덕에 있는 복곡 말이다.

찬돌 네. 엄마가 가끔씩 복곡이라는 말을 해서 그게 뭐냐고 물어봤더니 처음엔 경상도에 있는 엄마 고향이라고 하

더니 또 언제부턴가는 잘 모르는 이름이라고 해서 뭐 그
런가 했는데 아마 엄마 고향인 것 같은데요.

정남 멍하니 찬돌을 바라보다가 안쪽으로 손짓을 한다. 잠시 후 형
사과장이 들어온다.

형사 부, 부르셨습니까?

정남 박 과장! 내 이 친구랑 어데 갈 데가 있어 그라는데 그리
해도 되겠소? 이 친구 말 들어보니까 이번 사건과는 아
무 상관도 없는 것 같은데…….

형사 그 그럼요. 우리도 영감님께서 찾으셔서 불러들인 거지
별 혐의는 없는 놈 같습니다.

정남 고맙소.

무대 암전. 그리고 어둠 속에서 무대 장면전환을 위해 약간의 시간
이 필요하다. 이때 어둠 속에서 정남이 아내에게 전화하는 목소리
가 들린다.

정남 당신이가? 오 그래. 내는 대전에 잘 도착해가 대전경찰
서에서 그 청년을 만났다. 그래 아즉 확실치는 않치만서
도 맞는 거 같다. 그라니까 당신이 직접 형님 집에 전화
해가 형님이 퍼뜩 대전에 내려오라 캐라. 내? 응 여기 이
교장이랑 그 아랑 모두 역 근처에 있는 중앙데파트인가

하는 곳 5층에 있는 대전관광호텔 417호실에 있으니까
그리로 오시라캐라! 그라고 상이도 올 수 있으면 같이
오라카고……! 그래 알았다. 내 자알 챙겨 묵고 있다. 중
앙데파트 대전관광호텔 417호! 알았제!

(음악 Up -down)

13

음악 사라지고 무대 밝아지면 허름한 판잣집. 반 평 남짓한 마루 위로 전기불이 켜있다. 방문 안으로부터 빛이 새어나오고 영감 기침소리가 간간히 들린다. 또 강아지 짖는 소리도 들린다. 정남과 찬돌 그리고 형사과장이 대문 앞에 서 있다.

형사   (찬돌에게) 여기가 증말 맞는기여?

찬돌   예, 맞아요!

형사   (정남에게) 이 동네가 말입니다. 본시 피란민촌이라서 목동15번지라고 아즉까지 대전에서 개발되지 않은 유일한 동넵니다. 그래서 골목골목이 모두 비슷하고 집모양도 죄다 비슷해서

정남   (무척 긴장한 듯 약간 떨리는 목소리로) 안에 누가 있는 것 같은데 자네가 한번 불러 보거라!

찬돌   예! (머뭇거리며) 엄마! 엄마!

이때 방안에서 김영감의 목소리와 함께 방문이 열린다.

영감   밖에 뉘기래 왔소? (화들짝) 아니 댁들은 뉘기요? 이 밤중에…….

형사   저 실례합니다 영감님! 전 대전 중부서에서 나온 사람인

데요…….

영감　(다시 화들짝) 뭬요? 중부서에서?

형사　아니 놀라지 마세요 영감님, 서울서 손님이 오셔서 영감
님네 집 좀 안내해드 리려고 길 안내 차 온 거니까요.

영감　서울서 손님이라니요? (찬돌이를 보고) 아니? 니놈은 찬돌
이 놈 아니냐? 너래, 찬돌이가 맞지? 이런 빌어먹을 간나
새끼래 또 뭔 지랄을 떨어서리 이 밤중에 순사들이랑 온
기야?

찬돌　(꿍시렁 거리며) 씨부럴…… 뭔 지랄이라니? 그게 오랜만에
온 자식놈한테 할 소리여?

형사　저 밤중에 실례가 많은 줄 아는데요. 저 영감님 여기 찬
석 씨 어머니가 계신가 해서

영감　그 사람이래 왠종일 식당에서 일하구 또 밤에는 지 여식
애래 아파설라므니 병원에 있는데 거기 가서 간병하다
가 노상 밤늦게 오디요 와 기래요? (찬돌에게) 야 와 기래?

정남　(조심스럽게) 저…… 죄송합니다 어르신! 이 청년 어머니
이름이 엘리나라고 카던데 그 이름 말고. 다른 이름은
없습니꺼?

영감　왜 없갔시오. 조선사람인데 하지만 내래 그 이름 말고
는 들어본 거이 없으니끼니. 그나저나 뭔 영문인지 말부
터 하시라요. 길구 그리 서 계시지만 말구 이리로 좀 앉
으시라요 안으로는 방이 지저분해서 들어오라 할 수 없
는 거이 마누라 저리 나댕기고 내래 지 몸 하나 간수하

63

기 힘들다 보니끼니 집안 꼴이래 말이 아니라서 기래 요…….

정남 아, 여기도 괜안십니다. 그럼 좀. (마루 끝에 앉는다) 아참 그 라고 박 과장은 그만 가보이소. 사무실에서 할 일도 많 을 낀데. 그라고 우리 권 검사 혹시 내려오거들랑 아까 그 호텔로 오라카소.

형사 아, 알겠습니다. 근데 이곳 지리에 익숙하지 않으실 텐데 숙소로 찾아가실 수 있으시겠습니까?

정남 그건 염려마소. 우리 기사가 있으니까!

형사 알겠습니다 그럼. (기수경례를 하며) 아침에 다시 호텔에서 뵙겠습니다. (퇴장)

영감 아이고 되게 높으신 어른이신가 봅지요?

정남 아, 아입니다. 저 이렇게 찾아온 용건을 먼저 말씀드리자 면. 실은 지가 꼭 찾아야 할 사람이 있어가 이리 실례를 안 했습니까. 여기 찬석 군 모친이 혹시 제가 찾는 분이 아닐까 싶어가 이리 찾아 온긴데……!

영감 기래요? 아니 어떤 사인데 시리?

정남 네 실은 저 아주 오래 전에 헤어진 누님을 찾고 있십니 더. 고향이 경상북도 영덕 군에 있는 두메산골인데 복곡 이라카는 동네가 지들 고향이라예. 혹시 영감님께서 그 런 이름을 들어보신 적이 있으십니꺼?

영감 글쎄…… 들어본 것도 같고 아이 들어본 것도 같고 내래 이제 늙어갖고시리. 또 지 집사람이래 자기래 어케 살아

왔는지 지난 기억들을 모다 잃어버려시리 도통 뭘 물어
봐도 아는 기 없으니끼니…… (사이) 우리래 서로 그렇게
근본도 모른 채 산 지 벌써 스무대여섯 해쯤 됐는가?

정남   처음에는 어찌 만나셨습니꺼?

영감   (담배를 꺼내면서) 저 담배 좀 피갔습네다. (긴 담배연기 내품고)
기리니끼니 집사람을 첨에 만난 곳이 평택이었시오. 지
가 이북서 피란 와설라므니 처자식 모두 잃고 혼자 미군
부대에서 일하며 살고 있었는디 하루는 퇴근하고시리
밤늦게 집에 오니끼니 우리집 문칸방 앞에 웬 아주마이
가 어린 아이를 안고시리 그 추운 날 떨고 있지 않았갔
시오?. 누구냐고 물어보니끼니 그만 옆으로 툭하니 쓰러
지고 아새끼는 울어대는데 참 딱하더만요 그래설라므니
그거이 인연이 되갖구시리 지금껏 이리 살고 있시요, 그
아새끼래 바로 저놈이디요.

정남   그런데 대전에는 어떻게 오시게 됐습니꺼?

영감   재 말고 우리가 난 딸아가 일곱 살 됐을 때 우리가 전에
살던 동네가 좀 주변환경이래 좋지가 않았고 또 미군부
대가 곧 철수한다고 해서 그 동넬 떠나겠다고 생각했는
데 집사람이래 대전에 가서 살자고 조르지 않았시요! 기
래 설라므니 기냥 아무 연고도 없는데 이래 무작정 내려
온 기지요

정남   아주머니께서 무슨 까닭으로 대전으로 가자고 했십니꺼?

영감   내래 알간요? 아 거 무시기냐 대전 가면 자기 아바이나

잃어버린 동생을 만날 수 있끼라고 한 걸 내 언뜻 한번 들은 것 같은데 모르지요 생각을 잃은 여편네가 했던 소리라서…… 기리고 내는 그래 남쪽 땅 어딜 가도 내겐 타향이니끼니 아무 데나 가자고 해설라무니 이리 온 거디요

정남   (전율하며) 뭐라꼬예? 아버지나 동생을 찾을지도 모른다 했다고예?

영감   그리 혼잣말로 중얼대는 걸 들은 것 같았지요.

이때 찬돌이 뒤돌아보며 놀랜다. 60세쯤 되어보이는 정연이가 등장해서 서 있다.

찬돌   어…… 엄마!

정남   (역시 뒤돌아보며) 무어? 엄마라꼬?

정연   누궁교? 무슨 일인데예?

정남   (정전된 듯) 저…… 차…… 찬돌이 어머니 되십니꺼?

정연   우리 아가 또 무신 일이라도 저질렀능교?

정남   (전율된 듯 찬찬히 정연을 바라보며) 저…… 혹시 영덕군 지품면 복곡리가 고향 아닙니꺼?

정연   누군교? 그런데예! 누군교?…… 혹시 정냄이가?

정남   (와락) 그래, 맞다!! 그럼 아주머이가 정연이 누부야?

정연   아버지요! (한참을 멍하니 바라보다가 쓰러진다)

찬돌   엄마! 왜 그래? 정신 차려 엄마! 엄마!

강한 음악과 함께 무대 F.O된다. 어둠 속에서 스크린 영상과 함께 뉴스를 전하는 앵커소리가 들린다.

뉴스앵커(소리)   네 이제 잠시 후면 그 굴곡의 1900년 시대가 사라지고 이제 곧 대망의 2000년 시대가 열립니다. 지난 10년을 뒤돌아볼 때에, 국내외적으로 많은 변화를 가져왔던 10년 세월이었습니다. 먼저 국내사건으로는 성수대교 붕괴사건 그리고 이어 삼풍백화점 붕괴와 대구지하철 가스폭발 사건과 같은 국민들의 안전불감증과 같은 참사가 있었고 정치적으로는 김영삼 대통령과 IMF 그리고 김대중 대통령 당선 또 북한잠수함 침투사건과 같은 사건이 있었습니다. 그런가 하면 대중문화의 폭풍적 열풍이 불어왔던 시기이기도 합니다. 서태지와 HOT의 등장으로 음반계의 혁명이 나타났고. TV드라마로서 공전의 히트를 장식했던 〈여명의 눈동자〉와 〈모래시계〉 그리고 스포츠스타로서 등극한 박찬호, 박세리 선수의 등장으로 국민들이 위안을 받았던 시대이기도 했습니다. 그런가하면 국제적으로는 동독과 서독의 통일로 장벽이 허물어졌고 소련의 붕괴로 미 · 소 간 대립구도가 사라졌으며 이란 이라크사태로서 세계가 긴장한 중동사태가 발생한 시대이기도 합니다……

앵커의 소리가 줄어들고 음악소리 점점 더 커진다. 그리고 잠시 후

제야의 종소리가 크게 울린다

제4부 / 겨울

〈겨울〉에 등장하는 인물들

노인정연 - 70대 후반의 할머니
노인정남 - 70대 중반의 젠틀한 노인
노인순정 - 70대 초반의 고상한 할머니
노인덕구 - 80대 초반의 술 취한 노인
중년찬돌 - 평범한 50대 중년
어린주원 - 7-8세의 똑똑한 남자 어린이
중년상이 - 40대 중반의 젠틀한 남자
상이부인 - 40대 중반의 고상한 여인
양희은, 강석우 - 라디오에 나오는 목소리

14

다시 잔잔한 피아노곡이 배경음악으로 깔리고 겨울 바람소리, 조명
서서히 비추이면
가로등불 아래서 70대 노인이 된 정남이와 정연이 두터운 겨울코
트를 입고 서 있다.

정남   누님요. 그때 우리 엄마 돌아가시던 날 기억나능교? 참으
       로 억수로 추분 날이었는데 누부야는 엄마 오면 방에 불
       때준다카면서 지를 혼내주던기 생각나가 가끔씩 내는 아
       주 추분 날이면 이래 혼자서 바깥에 나와 안 있능교!

정연   미얀테이…… 정말 미안테이……

정남   우리누님 여전하네예! 우덜이 요래 쪼만할 때 일이라 고
       생도 추억이 되가 그리 말한 긴데 뭐가 미안한데예?

정연   동상은 그기 추억이고 쪼만할 때 일이라 카지만 내는 그
       기 평생토록 가슴에 얹혀가 내도 이래 눈 오고 추분 날이
       면 혼자 밖에 나가가 동상들 생각하며 많이 안 울었드노!

정남   근데 그리 낼 생각했으면서 와 날 찾지 않았능교?

정연   …….

정남   내 누님 그리버가 누부야 찾는다꼬 복곡으로 포항 울산
       으로 대전으로 안 가본 데 없이 다 다녔는데 이래 지척
       에 두고 육십 년 세월을 보냈네예.

정연　그기 다 내 무식해서 그런 게 아니겠나! 내는 국민핵교 문턱도 못 가봐가 아직도 언문조차 읽지 못한데이. 그러니 신문을 볼 줄 아나, 또 돈 있어가 라디오를 사 듣길 했나. 또 어린 것 델고 내 한 몸뚱이 살기 바빠가 그리 못 한기라 그저 동상은 얼라 때부터 핵교 공부도 잘했고 또 예배당엘 다닌다켔으니까 하나님이 잘 보살펴 줄 끼라고 그리 믿고 내 맘속으로 기도만 했다. 다른 생각은 달리 몬 했다 아이가!

정남　그래도 그렇지…… 피붙이라곤 우덜뿐인데 우예 그리 무심했능교 그리 살기 힘들었으면 쪼매만이라도 지를 찾았으면 될 낀데…… 내 누님 찾으면 막 소릴 지를라켔어예!

정연　(말없이 눈물을 흘린다) …… 낼 보고 소리치질 그랬나. 동상 맘 풀어질 때까지…….

정남　(당황하며) 아니 울기는 와 울어예! 말이 그렇다는 거지 내 설마 누님한테 그리 했겠어예? (역시 울먹이며) 내도 이 나이 먹도록 단 하루도 누님을 몬 잊고 얼마나 보고잡았는데…….

정연　동상…… 엄니가 나놓고 간 우리 망내이 동생 기억나나? 이름 하나 몬 부쳐주고 난리통에 배골가 아 죽일까 싶어 동리 아주매들한테 내준 그 아 말이다! 내는 실상은 동생보다 우리 정님이하고 갸가 그리 눈에 밟혀가 이리 속이 문드러지질 않았겠나! 내 이담에 죽어 우리 아부지

엄니 만나가 뭐라 변명할꼬 생각하면서 그동안 사는 기 (흐느끼며) 사는 기 아니었꼬마!

정남　내도 사는 게 바빠가 그 동상들을 찾을 생각도 몬 하다가 결혼하고서야 복곡을 찾아가게 됐어예! 마침 영덕 읍내에 살던 정님이가 그대로 이사도 안 가고 잘 살고 있어가 정님이 양부모님도 만나보고 고등핵교 다니던 정님이를 십오 년인가 십육 년 만에 안 만났능교. 그라고 누님이 말하는 그 아도 찾고 싶어가 사방천지를 찾아다녔는데도 아모도 모른다카는 기라예 누구 말마따나 미국이나 어디 멀리 외국으로 입양가지 않았나 싶어예!

정연　그래도 우덜 부모님이 남겨주신 우덜 동생들이니까 찾는 데까진 찾아야 안 쓰것나? 동상이 이리 성공했응께 꼭 좀 찾아도고!

정남　하모요. 내 꼭 그리할끼라예! 그라고 누님요! 덕구 형님을 한번 안 만나 볼 낀교? 그리 누야 만나가 용서를 빈다꼬 저 야단인데…… 이제 뭐 남남인데 어떤교?

정연　인연이믐 오다가다 길거리에서 마주칠 수는 있겠지만서도 일부러 만나가 뭔할 말이 있겠노? 찬돌이야 지 애빈께 만나든 말든지 알아서 할 끼고 내는 만나쟈픈 생각 없다. 내도 내 도리로 살아야 하지 않겠나? 이태 전에 돌아가신 그 영감할배가 내 생전에 인연이니까 내 죽어도 그 영감 곁에 묻는기 맞다 싶다. 참! 우리 찬돌이놈 어디로 보냈다 했제?

정남　사우디라고 현대건설 공사현장에 보냈어예!

정연　거기도 이래 춥나?

정남　춥긴요! 더버가 노상 에어콘 바람 쐬는 곳인데요…….

정연　그카면 다행이고…… 암튼 고맙데이 동상! 그 사람 같지
　　도 않은 놈 조카라고 챙겨주고 낼로 이리 호강시켜주니
　　내 말년에 이 무신 복이고…….

정남　(정연이 털목도리를 다독여주며) 괜않아예? 괜히 나오자고 했
　　는갑다. 우리 누님 감기 걸리면 안 되는데…….

　　조용한 음악과 함께 무대 F.O 겨울 바람 소리만 가끔씩 들린다.

15

다시 겨울 바람소리, 조명 서서히 비추이면 14장과 같이 가로등불 아래서 정남이 혼자 서 있다. 어디선가 크리스마스 캐롤이 들려온다. 이때 순정이 나온다.

순정   어마나 이이 좀 봐! 아니 여즉껏 이렇게 밖에서 혼자서 있었던 거예요? 이 양반이 얼어 죽을라고 환장을 했나…… 아 여보!

정남   혼자라니 내 여직껏 누님하고 옛날얘기 좀 했다.

순정   미쳤군 정말 미쳤어 아, 성님 가신 지 벌써 몇 해나 됐는데 성님하고 얘길했다는 거예요!

정남   증말이다. 내 거짓말 안 한다. 방금 전까지 내 이래 누님 목도리 채워주면서 동생들 얘길했는데…… (두리번거리며) 아니? 그리고본께 우리 누부야가 어디 가뿌렸노?

순정   여보! 정신 차려요. 아니 저녁진지 잘 드시고 잠시 바람 쐬러 나간다든 양반이 웬 헛소리래? 어여 들어가요 어서! 상이네 식구들이 크리스마스라고 케잌 사 들고와 안에서 기다리고 있잖아요 (정남을 이끌고 들어간다) 얘 주원아! 주원아!

이때 덕구가 술에 잔뜩 취해 찬돌이 등에 업혀 노래를 부르며 나타

난다.

덕구 보슬비가 소리도 없이 이별 슬픈 부산정거장 잘 가시오
    잘 있어요 눈물의 기적이 운다. 아들아! 그 담이 뭐꼬?
    내 요즘 와 이라는지 모르겠다. 왕년의 이 찰스박이 말
    이다 깜빡 깜빡한 기 자주 가사가 끊긴다.

찬돌 한 많은 피난살이 설움도 많아…… 맞아요?

덕구·찬돌 그래도 잊지 못할 판자집이여 경상도 사투리에 아가씨
    가 슬피 우네 이별의 부산정거장

덕구 찬돌아 우리 아들 찬돌! 내 니 아부지 찰스박 맞제!

찬돌 그럼요 우리 아부지 찰스박! 우리 아부지 유덕구! 유찬
    돌 아부지 유덕구지요

정남 (뒤돌아 문밖으로 나오며) 아이고 우리 자형 오셨네. 오늘도
    한잔 하셨나 보네요.

찬돌 외삼촌 안녕하셨어요?

정남 그래 오늘 무슨 일이고? 이래 아부지하고 아들 두 부자
    가 기분 좋게 취해 노랠 부르니 보기가 좋구나!

순정 보기 좋긴 뭐가 보기 좋아요. 지금 시간이 몇 신데……
    고모부 안녕하셨어요? 찬돌이 조카 어서 아버지 모시고
    안으로 들어가자

찬돌 덕구를 내려놓는다. 이때 상이가 일곱 살 난 아들 주원이를
데리고 나온다.

덕구 오! 우리 권 검사 집에 있었구나!

상이 고모부님 오셨어요? 찬석이 형! 오랜만이네요

덕구 (어린 주원이에게 두팔을 벌리며) 오! 이게 누꼬? 우리 명카수 주원이 아이가?

주원 고모할아버지! (달려가 안긴다)

덕구 (춤을 춰가며) 서울 가는 십이 열차에 기대앉은 젊은 나그네 짜라짠짠짜라 시름없이 내다보는 창밖에 등불이 존다. (주원이에게 마이크를 건네는 시늉)

주원 쓰라린 피난살이 지나고 보니 그래도 끊지 못할 순정 때문에 기적도 목이 메어 소리 높여 우는구나 이별의 부산 정거장.

다같이 짠짜라 짠짠짜라 (정남, 찬돌 함께 따라할 때 찬돌 상이를 끌어들인다) 가기 전에 떠나기 전에 하고 싶은 말 한마디를 유리창에 그려보는……?

주원 그 마음 안타까와라.

일동 짜라 짠짠짜라 고향에 가시거든 잊지를 말고 한두 자 봄소식을 전해주소서, 몸부림치는 몸을 뿌리치고 떠나가는.

덕구 이별의 부산정거자----앙 앵콜! 박수. (일동 박수)

순정 아유 고모부님 그 연세에도 목소리 하나 만큼은 정말 그대루세요!

덕구 하모요. 내 수복 후 정냄이 동생헌테만 귀뜸하고요 홀홀 단신 서울로 왔다 아입니꺼. 거기서 이난영이, 고복수,

남인수 모다 만나가가 한가족처럼 도라구 타고설랑 조선 방방곡곡 안 댕겨 본 데가 없었습니다. 인수 형이 부른 방금 이 노래 "이별의 부산정거장"도요 본래는 한복 남 사장님이 널 보고 부르라캤던 노랜데예 내 강문수 아니지 남인수 형 진짜 이름이 강문순데예 내 그 성한테 양보했다 아입니까? 그 때 사장님이 널 보고 뭐라 캤는지 알아요? 남인수가 아닌 더 젊은 찰스박이 이 노랠 불렀다면 오만 장은 더 팔렸을 끼라고 했다 아입니꺼! .하하하 (주원이에게) 우리 장차 명카수 권주원이! 이 고모할아버지 이름이 무— 어꼬?

주원 찰스 박.

덕구 그래 그래 이 왕년에 명, 카, 수 찰스 박. (갑자기 고꾸라지며 각혈을 시작한다)

일동 놀라 소리를 친다.

찬돌 아버지! 아버지 왜 그래요 네?

정남 상이야 어서 고모부 안으로 모시거라. 형님요…… 형님요 정신 차리시소!

덕구 아니 내가 와 이라노. 찬돌아…… 손 좀 꼭 잡아 주거래이…… 아즉 찰스 박이 죽어선 안 되는데…….

찬돌 아버지! 정신 차려요 네 아버지!

덕구 (정남에게) 이보게…… 동상…… 내 동상한테 꼬옥 할 말이 있는데…… 단디 들어라!

정남 형님요 무신 말씀인진 몰라도 지금은 아무 말 말고 어서 안으로 들어가입시더!

덕구 아이다 내 밝은 데선 할 수 없는 말인 기라. 동상! 내 실은 저놈아 에미를 오래 전에 평택 기지촌에서 다시 안 만났나! 근데 자 엄마가 정연이라는 이름 대신에 엘리나라고 부르면서 미군들을 상대하며 어린 것하고 살고 있든기라. 내 더럽고 챙피해가 자네 누야를 내팽게 뿔고 도망쳐왔다. 우리 어린 찬돌이가 눈에 밟히가 미치겠더라만서도 그땐 내도 새 살림을 막 차린 땐지라 새 사람한테 겁이 났던 기라.

정남 뭐…… 뭐라꼬예 그게 참말인교?

덕구 그래 내 그래가. 상이 결혼하던 날 너무 미얀코 양심에 가책이 되가 자네 누야를 찾으러 평택으로 다시 안 갔드노! 내 그 사람한테 다시 용서를 빌고 자네 소식을 알려주려고 말이다. 그랬는데. 자네 누야가 훨씬 전에 이미 어떤 영감탱이하고 살림을 차려가 어디로 간둥 그곳을 떠나고 없어져 뿌린 기라. 욱…… (또 각혈을 한다) 내 차라리 잘 됐다 하고는 지금까지 비밀로 했던 긴데…… 내 이리 천벌을 안 받았드노. 어뜨노? 내 천벌 받아 마땅한 놈이제. 그러니 닐로 욱…… 내…… 내를 용서하지 말거래이. (쓰러진다)

강한 음악과 함께 조명 Out 된다.

16.

다시 음악이 흐르면서 무대 밝아지면 정남이 잠옷가운을 입은 채 흔들의자 위에 누워 눈 내리는 창문 밖을 하염없이 바라본다.

정남(독백) 일장춘몽이라더니 모두 다 그렇게 사라지는갑다. 모든 육체는 풀과 같고 그 모든 영광이 풀의 꽃과 같으니 풀은 마르고 꽃은 떨어진다 카는 말씀이 맞는 기라. (눈을 감으며) 이기 인생인 줄도 모르고…….

이때 "여성시대 양희은 강석우입니다" 방송이 들려온다..

양희은(소리) 그 사람이 좋은 이유를 물어올 때 행복이 전해져 왔다. 그 사람 어디가 그렇게 좋으냐고 물을 때 선뜻 대답하지 못하고
빙긋 웃어넘기고선 돌아서서 가만히 생각해보니
정말 어디가 그렇게 좋은 걸까? 어떻게 말을 해야 하나?
망설여지면서도 행복해졌다 내 첫사랑은 그렇게 시작되었다.
이제는 그 첫사랑이 내 인생의 전부가 되어버렸지만
나는 여전히 그로 인해 행복하다. 가을 햇살 같은 사람
숲 속 한 줄기 바람 같은 사람, 새콤한 살구 같은 그 사람!

내 감정을 표현할 수 있는 적당한 말을 찾지 못할 정도로
그렇게 그냥 좋은 사람이다.
그런데 가끔씩 그 사람이 그렇게 미워질 때가 있다.
얼마 전 오랜 친구들과 함께 좋아하는 바닷가엘 갔었
는데
바다가 얼마나 쓸쓸해 보였는지 모른다.
가만히 생각해보니 그 사람이 없기 때문인 걸 알았다
좋아하는 바다를 쓸쓸하게 만든 그 사람……
나는 급한 발걸음으로 일정을 앞당겨 집에 왔더니 어라?
그가 메모 한 장 남기지 않고 어디론가 사라져버린 것
이다.
꼬박 72시간을 지난 뒤에야 그가 내 앞에 나타났는데
나는 울었고 그는 웃고 있었다.
그는 모처럼 나 없는 공간에서 자유로웠다고 한다.
아직도 '나'와 '남'을 구분 짓는 그 사람이었던가!
그가 '나'이듯 나는 '그'가 '나'여야 한다고 생각했는데
그는 '그'가 '그'라고 생각했던가 보다.
나는 며칠간 그의 달램을 뒤로 하고 울기만 했다.
'나'하고 소리를 내보면 입이 열리고,
'남'하고 소리를 내보면 입이 닫힌다더니
내 마음이 열리면 다 '나'이고,
내 마음이 닫히면 다 '남'이 되는 걸까?
나는 그와 함께한 긴 세월 속에 그 좋아한다는 감정이

일상화 되었고

또 굳은살처럼 내 삶에 그가 존재하므로 그의 존재 속에 항상 내가 있는 줄로만 알았다.

이제 누가 또다시 그 사람 어디가 그렇게 좋으냐고 묻는다면

나는 빙긋이 웃기만 할 테다.

그 좋다는 느낌을 말로 하면 금세 바람에 날라가 버릴 것만 같다.

예전처럼 구체적인 살가운 표현이 사라진 지금

이담에 그가 울 때 나는 웃어줘야시! 하는 오기심이 생긴 것이다.

양희은(소리) 호호호…… 와! 정말 아름답네요. 이건 편지사연이 아니라 완전 한 편의 신데요! 강석우 씨는 어떠세요?

강석우(소리) 어떻다니요! 저도 감성이 있는 사람인데요. 갑자기 눈물이 날려고 하는데요. 정말 그러네요 '나' 하고 소리를 내보면 입이 열리고, '남' 하고 소리를 내면 입이 닫히는군요. 참 감성적인 글이었습니다. 특히 내 마음이 열리면 다 '나'이고 내 마음이 닫히면 다 '남'이 되는 걸까라는 이 대목! 정말 인상적이었습니다. 이 시간을 애청하시는 여러분 모두 이 말을 꼭 마음에 새겨두시고 오순정씨의 글 다시 한 번 음미해보시길 바랍니다.

양희은(소리) 저는 좋아하는 바다를 쓸쓸하게 만든 그 사람…… 얼마나 멋진 사랑의 표현인지요! 자 오늘 이 아름다운 사

연을 보내주신 성북구 정릉4동에 사신다는 오순정 씨 정말 감사드리구요. 소정의 상품을 보내드립니다. 그리고 또 제 노래 좋아하시는지 모르겠네요. 특별보너스로 제 노래 한 곡 보내드리겠습니다. 어머! 방금 SNS에 오순정 씨에 대한 문자가 떴는데요 오순정 씨 나이가 70이 넘으신 자기 할머니시라네요. 아 정말 멋진 인생을 살아오셨군요. 그리고 남편 되시는 행복한 할아버님도 함께 들어주세요. 노래 곡목은 "당신만 있어 준다면"입니다.

이때 주원이가 뛰어 들어온다.

주원   할아버지! 할머니가 라디오 여성시대에 할아버지한테 편지 쓴 글이 지금 방송에 나오고 있어요. 빨리 들어보세요. 어! 그 방송이네?

정남   (주원에게) 쉬! 조용히…….

주원   (고개를 끄떡이며 아주 작은 소리로) 알, 았어요!

양희은의 노래 "당신만 있어준다면" 노래가 청아하게 들려온다.
정남이 주원이에게 손짓하며 오라고 한다. 그리고 주원이를 정남이 무릎에 앉힌다.

노래   세상 부귀영화도 세상 돈과 명예도 당신,

당신이 없으면 아무 소용이 없죠

세상 다 준다 해도 세상 영원타 해도 당신,

당신이 없으면 아무 의미가 없죠

아무도 모르는 둘만의 세월 이젠 알아요

그 추억 소중하단 걸 가진 거 없어도 정말 행복 했었죠

우리 아프지 말아요 먼저 가지 말아요

이대로도 좋아요 아무바램 없어요

당신만 있어 준다면 당신, 당신 나의 사랑

당신만 있어 준다면

아무도 모르는 둘 만의 세월 이젠 알아요.

그 추억 소중하단 걸 가진 거 없어도 정말 행복 했었죠

우리 아프지 말아요 먼저 가지 말아요

이대로도 좋아요 아무바램 없어요

당신만 있어 준다면 당신,

당신 나의 사랑 당신만 있어 준다면 당신,

당신 나의 사랑 당신만 있어 준다면

노래가 울려 퍼질 때 어릴적 정연이, 정남, 정님이가 들어오고 덕
구와 찬돌, 정연이가 들어오며 이어 순정과 상이, 상이 처가 들어
온다, 그리고 친구 경태와 김 과장 자연스럽게 들어와 정남이 곁에
와 앉는다. 서로 조용히 하라고 손짓하며 자리를 나누어 앉는다.
모두다 객석을 바라보며 즐거운 표정을 짓는다.
정남 그들 모두의 배경 속에 노래를 감상하다가 스르르 눈을 감는

다. 노랫소리 더욱 커지고 계속될 때 무대조명이 서서히 F.O 되고 어둠 속에서 잔잔한 피아노곡이 노래에 이어 들려온다.

끝.

한국 희곡 명작선 63

봄, 여름, 가을 그리고 겨울

초판 1쇄 인쇄일   2021년 1월 10일
초판 1쇄 발행일   2021년 1월 20일

지 은 이   도완석
만 든 이   이정옥
만 든 곳   평민사
          서울시 은평구 수색로 340 〈202호〉
          전화 : 02) 375-8571
          팩스 : 02) 375-8573
          http://blog.naver.com/pyung1976
          이메일 pyung1976@naver.com
등록번호   25100-2015-000102호
ISBN   978-89-7115-761-9 03800
          978-89-7115-663-6 (set)
정   가   7,000원